Traduit de l'américain par Isabelle Reinharez
© 1990, l'école des loisirs, Paris, pour l'édition en langue française
© 1989, Rosemary Wells
Titre original: «Max's Chocolate Chicken» (Dial Books, New York)
Loi numéro 49.956 du 16 juillet 1949 sur les publications
destinées à la jeunesse: janvier 1991
Dépôt légal: janvier 1991
Imprimé en France par Aubin Imprimeur à Poitiers

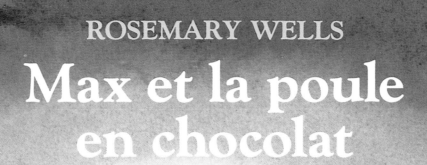

ROSEMARY WELLS

Max et la poule en chocolat

lutin poche de l'école des loisirs
11, rue de Sèvres, Paris 6ᵉ

Un matin, quelqu'un mit
une poule en chocolat dans le bain
d'oiseaux.

«Je t'aime!» dit Max.

«Attends, Max», dit Marie, la sœur de Max.
«D'abord il faut trouver les œufs.
Si tu en trouves le plus, tu gagnes
la poule en chocolat.»

«Et si moi j'en trouve le plus, je gagne la poule en chocolat», dit Marie.

Max partit à la chasse aux œufs,
mais il trouva une flaque, et c'est tout.

Marie avait trouvé un gros œuf jaune.
Max n'en avait pas trouvé.
«Pas d'œuf, pas de poule, Max», dit Marie.

Max repartit à la chasse,
mais il trouva des glands, et c'est tout.

Marie trouva un œuf bleu.
«Max», dit Marie, «secoue-toi.
Sinon tu ne gagneras pas la poule en chocolat.»

Alors Max partit à la chasse au côté de Marie.
Marie trouva un œuf rouge avec des étoiles vertes.
Max trouva une cuillère.

Marie trouva un œuf en or à rayures violettes
et un œuf turquoise à volutes d'argent et
un œuf lavande à pois orange.
Max trouva des fourmis.

Alors il prépara des crêpes fourmi-gland.
«Max», dit Marie, «tes oreilles,
tu ne les trouverais pas
si elles n'étaient pas sur ta tête.»

Marie compta ses œufs.
«C'est moi qui vais gagner la
poule en chocolat, Max», dit-elle.

Mais Max s'était enfui.

Et il se cachait.

Plus rien dans le bain d'oiseaux!

«Où es-tu, Max?» appelait Marie.
Max croqua la queue de la poule.

«Je te vois, Max!» criait Marie.
Mais ce n'était pas vrai.
Max croqua la tête de la poule.

«Je te donnerai la moitié de la poule
en chocolat, Max!» braillait Marie.
Max croqua les ailes.

Et puis, il sortit de sa cachette.

«Max», dit Marie, «tu n'as pas honte?»

«Je t'aime», dit Max.